KB065593

문학과지성 시인선 **482**

인간이 버린 사랑

이이체 시집

문학과지성사

문학과지성사에서 펴낸 이이체의 시집

죽은 눈을 위한 송가(2011)

문학과지성 시인선 482

인간이 버린 사랑

초판 1쇄 발행 2016년 3월 25일
초판 6쇄 발행 2022년 8월 16일

지 은 이 이이체
펴 낸 이 이광호
펴 낸 곳 ㈜문학과지성사

등록번호 제1993-000098호
주   소 04034 서울 마포구 잔다리로7길 18(서교동 377-20)
전   화 02)338-7224
팩   스 02)323-4180(편집) 02)338-7221(영업)
전자우편 moonji@moonji.com
홈페이지 www.moonji.com

ISBN 978-89-320-2857-6 03810

지은이는 2015년 한국문화예술위원회 문학창작기금을 수혜했습니다.

이 도서의 국립중앙도서관 출판예정도서목록(CIP)은 서지정보유통지원시스템 홈페이지
(http://seoji.nl.go.kr)와 국가자료공동목록시스템(http://www.nl.go.kr/kolisnet)에서
이용하실 수 있습니다. (CIP제어번호: CIP2016007093)

문학과지성 시인선 482

인간이 버린 사랑

이이체

시인의 말

이 독백을 외롭지 않게 해줘서 고맙다.

2016년
이이체

인간이 버린 사랑

차례

제1부

몸의 애인

잘못 온 편지를 읽고 운 적이 있다

나는 당신의 거짓말들을 안다
사랑을 잃은 자의 심장을 꺼내본 뒤로는
백지에서 용기가 나지 않는다
몸은 표현을 두려워한다

당신에게 나를 주어선 안 되겠구나
당신에게 나를 주면 내게 아무것도 남지 않아
나는 죽겠구나

부재가 되지 못한 존재

헤어진 애인과의 섹스에서
혐오가 무뎌질 때까지,
그 감촉의 비곗살을 버릴 수 없을 것이다

당신의 멀미를 잊으면 나는 사라질 수 있다

언어의 정원*

당신이 있는 방향으로 바람이 분다
나는 당신에게만 어지러운 목소리를 가졌다

눈 내리는 날마다 악몽을 꿨다

왜 나는 당신에게 잠드는가
왜 나는 당신을 앓는가

어떤 고백에는 현기증이 없다

아무도 살지 못한 통증으로 모두가 죽어갈 때
당신이 앓는 아픔이 나를 병들게 한다

서러움에 빛이 들지 않으면 눈동자가 흔들렸다

몸의 내장된 쌍둥이가 마음을 잡아먹을 것이다

슬픔을 탕진하지 못한 사랑을

간직하는 것만큼 아픈 관음(觀淫)이 있을까

당신을 죽여버리기에는 너무 가난한 날씨였다

폐가들이 모여 사는 폐허

삶이 과분하리만치 부유한 가벼움에
몸을 엎드리고

태어난 적 없는 언어를 고백하려고
세계는 언제나 어둠이 잘 표현될 수 있는 곳으로

당신의 잠을 내가 훔쳐 잘 수 있다면

당신의 잠을 내가 훔쳐 잘 수 있다면

* 신카이 마코토(しんかいまこと).

타오르는 노래

내 것이 아닌 이명(耳鳴)이 내 귀를 환하게 밝힌다

들을 수 있으나 노래할 수는 없는 선율

계속 들리는 선율이 있는데 기억나지 않는다

단 한 번 들었다는 기억만 남아 울린다

들었다는 기억이 들려오는 선율보다도 선명한

혼자 타오르기만 하는 노래

귓속은 깊어지면서 나를 늙게 했고,

듣기만 할 뿐 노래할 수 없다는 죄책감을

닮은 무력감이 나를 죽지 못하게 한다

아름다워서 숨이 막힐 치사량의 음악에

내 호흡은 뒷걸음질 치며 서서히 미쳐가는 것이다

노래가 다 타버린다면 선율은

이석(耳石)처럼 굳건한 사상으로 남을 것이다

몸살

짐짓, 스스로 암투를 기리는 음모가 있다
한몸끼리 몰래 자웅을 가리는 계절

열이 내리지 않는 욕망에 떨리지 않는 몸이 있을까

어두워지는 국화꽃밭에서
지난 세기의 춘화 몇 점을 줍는다

추수를 칭송하는 야경꾼 무리

몸, 살이 튼 자리마다 다시 새살이 핀다

녹지 않는 소금이 어항에 쌓인다
마음에는, 마음으로도 가릴 수 없는 심연이 있다

망자들의 술이 눈부신 성터

살 수 없는 몸보다 죽을 수 없는 몸이 더 난처하다

독어(獨語)

내가 없으면 그대는 죽어야 한다

낮게 걸어가는 숲
수만 가지 손으로 내 머리를 쓸고 멀어지는 나무
어떤 말은 하고 나면 입안이 헐어버린 것 같다

물은 언제나 흐르므로 내력을 가진 적이 없다

그대는 감정을 번역하기 위해 거울 속에 산다
그대에게 발각된 외국어가 있다

신이 버린 안식일
욕이 침처럼 고이는 흥건한 증오를 그대는 모른다
나는 여생의 기후를 읽을 것이다

실어증은 말을 잃는 병이 아니라 말을 잃지 않는 꿈

내가 없음을 아는 그대 곁에 나는 있다

תלובש*

——「거인」으로부터**

이 감정은 당신이 발음해봐
사랑에서 참과 거짓을 가리고 싶을 때
당신은 나에게 요구했다
나에게는 농도와 밀도가 더 중요했다
내가 바로 거인의 입과 혀,
무슨 말이든 당신이 만질 수 있었더라면……
욕망하지 않는 사랑을 배우고 싶었다
욕망할 수 있어서, 욕망할 수밖에 없어서
무서웠다

당신에게 나는 거인이었고
나는 당신을 그렸다
입을 오므리자 키스할 만한 묶음이 나왔다
침묵이야말로 만질 수 있는
음으로 만들 수 있었다
어디서부터 잘못되었는지 몰랐기에
울었다, 그릴 수 있는 투명을 그리지 못하는
입술이 가장 좋았다

그래, 미치고 싶었던 게 아니라
미치광이에게 배우고 싶었던 것

당신의 감정을 발음하려고 입이 사라진다

다 끝나고서야 거대해지는

* '이삭' 혹은 '흐름'이라는 뜻으로 'Shibboleth'이라 쓴다. 구약성
경 사사기 12장을 보면 이 말이 나온다. 길르앗 지역과 에브라임
지역의 내전에서 에브라임이 패하여 에브라임 사람들은 요단강 서
편으로 도주하던 시절이다. 이때 길르앗 사람이 요단강 건너는 어
느 나루터를 지키고 서 있는데, 누군가 오면 이 단어를 발음시켜
본 것이다. 길르앗 발음에서는 [Shibboleth]이고 에브라임 발음에
서는 [Sibboleth]이어서, 이것으로 에브라임 사람을 구분하여 죽였
다고 한다. 이로 인해 죽은 사람이 4만 2천 명에 이르렀다고 전해
진다. 에브라임 사람이 아니어도 죽은 경우가 숱했으리라. 이 구음
암호는 그 뒤로, 한 공동체가 다른 공동체와 구별하고자 행하는 관
습을 뜻하는 단어로 사용된다. 온갖 타인들이 붐비는 가운데, 유일
한 타인과의 사랑은 사랑의 확인에 몰두함으로써 사랑을 지연하는
방식으로만 가능하다. 사랑은 없고 사랑의 확인만 있다. 아니다.
사랑의 확인은 사랑을 강조하는 것이 아니라 철회하는 것일 뿐.
** 프란시스코 고야의 작품으로 알려진 이 그림은, 사실 그의 제
자 아센시오 훌리오의 작품으로 밝혀졌다.

인간이 버린 사랑

내 그림자가 아픈 날, 신은 태어났다
두번째 입맞춤이었다
모든 눈썹으로 당신의 눈을 숨긴다
서로를 사랑한 적 없는 유골들을
불덩이 속에 던져버리는 해방감
이해될 수 없어서 나는 나를 버리지 못한다

추수가 끝난 허전한 밭에서
몽유병자들은 잠의 혁명을 곱씹었다
도시로부터 낙향해 온 중늙은이들이 말했다
빛을 잃을 줄 아는 밤,
우리는 이것이 그리웠단다
이렇게 내 거짓이 아름다우니까, 당신이여

봄날처럼 미치도록 만발하는 죄책감이
육체를 점령한다
여러 사랑들을 차례대로 지우는 것으로
유서를 써 내려간 후,

마음을 잃은 상징들을 건축한다
사랑은 나와 당신의 마지막 구절을
영원히 되풀이하는 일이다
말을 위해 입술들은 늘 멀리 떨어져 있었다
공간을 벗어나 다시 공간으로,
나는 기도문처럼 전생들을 회고할 것이다
흉터는 모두 한 편의 시

들판, 몸을 잘린 채 겨울을 기다리는
보리풀들이 느리게 춤추며 꿈을 꾼다
오래되지 않은 과거에
자신의 도시를 버리고 떠나온 패배자들
어둠이 짙어질수록
나와 당신은 침묵으로 끓는다
불장난이 시작되고, 밤은 또다시
빛이라는 강박을 가져야만 하리라
아주 먼 옛날
사람들은 더 오래 기다릴 줄 알았다

그러나 우연에 실패하는 우상들이여,
사랑은 이 저물어가는 필연의 세계에
기록되지도 기억되지도 못할 것이다
흉터는 모두 한 편의 시

늑대의 식은 주검을 파헤치면
이름을 망각당한 날벌레들이 하늘을 치듯이 난다
풀이 바람과 마찰하는 소리는
당신의 연한 웃음소리,
달이 비추는 자리마다 빛나는 그루터기들

밤이 밝아지면서,
나는 늑대의 털가죽을 벗겨 맑게 씻어내고는
유골들 위에 덮어놓았다
저 지평선에서는
시간의 다른 혈족이었던 음악이
소리 없이 잦아들고 있었다
유서에 계약한다는 일은

혁명의 실패에 서명하는 것이며
혁명이 실패로 망명하는 것
이내 헐벗고 야윈 추상이
당신에게 전설을 입혔다
그 참상에 바람도 몸을 떨었다

이곳에서조차 어둠이 잊혀질 무렵이면,
잠들어도 실패할 수밖에 없던 혁명의 이름을
한 권의 후생이 기억해줄지도 모른다
외롭고 새롭게 사랑을 고백하기 위해
하나의 외국어를 만들고 싶다
흉터는 모두 한 편의 시
내 거짓이 아름다우므로,
이 땅의 우상들이여
도시로부터 추방당한 붉은 신들이여
지문 없는 기억은 추억이 아니니
당신이 가질 수 있는 유일한 지구의 눈이
내게 있다

시간의 종말을 위한 사중주곡*

화상이 추억하는 불씨를 갈망합니다
시간과 공간을 가질 수 없는 향이 있습니다

석양이 내려앉으면서 가장 마지막으로 물들이는
마을처럼

멀어지는 획을 그으며 붓은 점점 비릿해집니다

달콤한
검은 술

늙지 않는 여독만 태우고 흔들리던 그네

그믐달로 조금 잘려 나간 밤의 틈새

창공 없는 내면을 외계에 가둡니다

형벌들을 싣고 떠나는 마차,

손가락을 구부리면 환각의 솜이 폭신합니다

산송장의 피고름을 짜내며, 더벅머리 소년들은 울었던 것입니다

그 가혹한 일기를 기억할 수 있겠습니까

부연 아침 같은 백야를 지나오는 육신의 조상들

만월의 풍속으로부터
시계탑은 바람들을 이주시킵니다

＊올리비에 메시앙Olivier Messiaen.

아가(雅歌)

좋은 실수를 되풀이한다
나는 신의 죽음을 목도한 참된 짐승으로
돌아가고 있다
어린 가시떨기나무가
촉수처럼 하늘 곳곳을 더듬고 있는데
오늘은 표현을 잃어버렸다
거추장스러운 폐허에
함몰된 빛
빛의 매음녀들
들리지 않아도 만질 수 있는 목소리,
태어나면서 헤어진
사산된 쌍둥이 형제처럼
성전(聖戰)으로 변질된 싸움이다
궁색한 의문에
무딘 화살들을 순장할 것이다
자신이 원하는 것을 알고 있는 사람은 무섭다
연주할 수 없는 악기가 필요하다
검은 피의 웅덩이에서 쐐기들을 건져 올린다

무덤가에서 우상들은 심리를 앓고 난 후
남몰래 한 그루
심어놓은 신(神)을 기억하였다
기억은 삶을 거역하는 유일한 형식
이 세상을 죽이겠다
아무도 나를 좋아할 수 없다

우상의 피조물
— 우리가 서로의 눈을 바라볼 수 있는 시간이 얼마 남
지 않았음을 안다

어떤 말을 하면 울고 난 것 같다

어린 개가 칭얼거린다, 간결하고 간절하게

공희(供犧)에서 살아남은 처녀들은 참담을 모른다
거짓말로 된 고백

녹지 않으려고 형태의 부재를 견디는 겨울

유순한 여백을 살기 위해 서로를 실토한다
고백은 서로를 길들일 수 없게 한다

비밀에 사육당한 여왕과
스스로를 분장하느라 한 생애를 할애한 비밀

사실을 결박한 적이 없는 필생이다

어두운 눈가에 더 어두운 본능이

이단처럼 은밀하게 기울고

폐어(廢語)들이 집채처럼 모여 앉아
천년의 고을로 허물어져가는 언덕

어슴푸레한 해 질 녘부터 거슬러 내려오는

시뻘건 간섭들이 고요히 무르익어간다

인간은 침묵하는 웅덩이다, 고여서 운다
아픈 짐승처럼 그 울음을 토해놓고는
허무하게 저물어가는 전쟁터를 떠날 것이다

태어난 죗값은
평생 자신을 살아야 한다는 공포로
환희해야 한다는 것이다

마음은 외곽이 아닌데 왜 자꾸 들통나는 걸까

스스로를 태워야 빛나는 진실

가장 슬픈 비극은 이름을 부르지 못하는 것
이름이 없어서가 아니라
이름이 있어도 부를 수 없는 것

물소리는 젖지 않는다

무일푼의 거짓말을 하고 진심을 돌려받을 것이다

멀리 헤어지는 헤픈 사랑들
멀리 헤어지는 헤픈 사랑들

박물지(博物誌)

질

속에 가득한 육신의 씨

하나일 수는 없으나 여럿이어선 안 될, 복이 있다

피가 보이지 않는
피 묻은 손

검은 왕이여

길 위에는 시간의 박제들이 잠을 잔다
이방인이 헤매는 이방인의 고향

　인간은 짐승의 몸을 빌리지 않고도 괴물이 될 수
있다

　없다 없다 없다

기이한 잠의 긴 밤

나는 빛에 조금씩 스며들고 있다

폐허가 된 숲에서
물은 죽음을 가리키는 가장 날카로운 액체가 된다

고독이 인간을 다독인다
생명을 잃어가는 형식이지만 생명을 품을 수 있는

나는 언어의 낡은 과육에서 삶을 거듭 실수한다

흰색에 흰색을 덧칠해도 흰색
무덤처럼 부푼 감정으로 숨어 들어오는 도굴꾼들

거울이 기회를 낳는다

말을 더듬어야 옹호할 수 있는 행간이 있다

누군가에게 나를 빼앗겨야겠다

미친 세계
— koyaanisqatsi*

죽음이 있다

다음은 오지 않는다

나는 흔들리는 존재들을 위해
바람이 몸을 갖고 갇혀버리기를 기도했다

여름에는 진한 열기들이 몸으로부터 물을 약탈한다

죽고 싶지 않아서 더 많은 피를 마셨다
나는 내가 되려고 얼마나 많은 나를 부정했던가
어떤 맛도 죄악보다 진할 수는 없다

황혼은 꽃의 주검에서 훔쳐 온 깃털들을 숨긴다

불타는 폐허를 간직하는 일

누구도 좋아한 적 없다고 위증하고

감정을 볼모로 허기진 새벽에 풀려나온 그날
습관처럼 저지른 죄악들이 우두커니 서 있었다

주머니를 뒤집고 외투를 벗어 던지고

항아리가 넘어지자 유리알들이 폭설처럼 쏟아졌다

아직 사람이 되지 못한 나는, 내가 사람이라는 게
무서워서 골목에 숨어 남몰래 운다

어차피 인연도 한낱 바람이고 강이다,
흐를 수 있는 것들은 다 흘러간다

가장 오래된 나에게서 썩은 태아들을 건져 올렸다

귀신들은 뼈를 가지려고 산 자들을 부감한다

어슴푸레한 어느 전설 속의 요새 같은 이 도시

나는 이제 내 숨소리가 두렵다

밤이 남아 있는 길거리에 누워
땅바닥에서 올라오는 서늘한 아지랑이를 맞는다

소나무 관의 시허연 향

삶은 언제나 바람 부는 방향으로 돌아눕는다

* 고드프리 레지오Godfrey Reggio 감독의 다큐멘터리. 대사 없이
오직 영상만으로 진행되며, 필립 글래스Phillip Glass의 음악이 내
내 흐른다. 인디언 호피족의 언어로 '균형 잃은 삶', 혹은 '미친 세
계'를 뜻한다.

푸른 손의 처녀들

육체는 빛을 이해하기 위해 그림자를 드리운다

나는 직업이 죄인이다
누구보다도 죄를 잘 짓는다

하얀 기척

야생을 벗어나 죽어가는 늙은 이리처럼

나누어 줄 수 없는 것을 나누어 주고 싶을 때마다
느껴지는 초라한 참담이 있다

먼 이국을 고향에서 그리워하는,
향수(鄕愁)를 거꾸로 앓으면서

희생양의 성좌

죄 없는 자들로부터 병든 삶을 옮아

나는 시든 꽃으로 만개한다

손등으로 벽을 밀어본다

살쾡이들이 다가오는 묽은 저녁
알에도 표정이란 것이 있다

하얀 기척

허구의 귀로 환한 속삭임을 줍는다

회음의 부적

검은 바다의 혀를 어루만지며
불구는 고요하게 젖어든다

물이 빌려온 체형

눈 내린 적 없는 국경선에서는 철 따라
그리움을 다르게 말한다

사랑을 하고 나면 괴물이 된다

낡은 해일이 쓸고
지나간 자리마다 피고름이 굳어 있다

살아 있지 않은 것들은 죽지도 않을 수 있다

촉감이 숨어서 주머니를 먹는다

신기루들을 겹쳐도 만들 수 없는 장면

사랑도 해본 적 없는데 괴물이 되어버린

저 수평선이 일렁거릴 수 있다면
신성한 거짓으로 교감하게 될 것이다

손바닥에, 물고기의 지문을 묻어둔다

바다의 깊이가 비리다

성스러운 폐허

해는 저물고,
냇가로 떨어지는 물소리가 맑다
시간과 싸워온 돌은 침묵한다
버려진 도시의 유민(遺民)들은
젖은 옷가지들을 때려서 말린다
갈대가 수백만 대군을 이룬 밭에는
성벽의 잔해들이 귀신처럼 있다
그곳에서, 여태 피를 잊지 못한 창칼들이
드문드문 발견될 것이다
세월을 모르는 여자아이
짤막한 고름의 베적삼을 입에 물고 서 있다
붉은 눈,
녹아내린 노을로 더 붉다
어느 바다에는
패배를 싣고 쓰러졌다 일어서기를 되풀이하는
파도가 있을 것이다
전쟁이 끝내준 심연의 유적지에는
이렇게 우주가 한철 피어 있다

이제 없어진 역사를 남기려고

유민들은 바다로 갈지도 모른다

그 바다에서

무너져 내리는 파도를 보며

조개껍질이나 소라껍데기를 별처럼 찾을 것이다

피와 땀에 젖은 옷을 말려 입고

짜디짠 양수에 다시 흠뻑 젖을 운명

살육을 저해하는 무기를 갖고,

이 세계에 스며들지 않도록 긴장해야 한다

시간과 싸워온 돌은 침묵한다

잃어버린 땅

태양을 붉게 녹여버린,

죽음이 숨 쉬는

괴물

당신은 불을 태우는 불
오랫동안 나는 당신을 지켜봤습니다

그 타오름을 간직해온 역사의 창(窓)

손아귀 속에서야 빛나는 보석처럼 남루한
아름다움들
당신은 어떤 산고를 겪었을까

폭풍우 속의 모래성처럼 부서지고 있었는데
당신은 어떤 아픔을 생각했을까

얼굴을 돌려주겠습니다

신성한 덫

당신이 깨뜨린 물을
한 모금만이라도 얻을 수 있다면

나의 방언을 모방하는 당신의 말

지금은 다만
슬프고

슬프고

제2부

침묵동화

무언(無言)으로 입이 뚫린 물고기들이
말벗을 찾아 배에 실려 항구로 들어온다

환절기 지난 황무지,
기우제와 익사체

어부들은 뭍에서 지나치게 오래 떠나므로
자신의 그림자보다도 멀어져가는 삶을 분실한다
덧난 눈물들

어둠에 빚진 빛으로 다시 어둠을

수집해온 비늘들을 모두
바다에 풀어놓으며 임종을 맞는

날이 어두워지자 조등(弔燈)들이 해변을 밝힌다

말로 거짓말을 만드는 인간

폭풍이 끝난 히스클리프

캐시, 오해의 유곽에서 당신을 되찾고 있소
애원의 어떤 유형은 공포의 수완에 불과하오
모든 것이 감동적이어서
어느 것에도 감동할 수 없소
캐시, 술에 취한 술잔을 들고 있소
한 잔 가득한 허무의 밀도 때문에
나는 숨 막힌 숲으로 우거지고 있소
이 묵언의 침엽수림에서
눈은 언어의 몫을 대신해 사랑한다고 고백하오
당신을 따라 길어지는 발자국들
오래전 알았소, 캐시,
누군가를 껴안고 싶을 때
당신이 없기를 바란다는 것을
어깨를 들썩이며 우는 당신을
캐시, 창문을 건너온 햇빛에
그림자가 내 뒷모습을 붙잡곤 울고 있소
순간의 공간으로 도피하는, 외로운 경멸
당신이 아무도 모르게 아름다웠으면 좋겠소

한 가지 색의 무지개가
이 언덕의 백야를 적실 때,
기억은 당신의 머리카락처럼 흘러갈 거요
캐시, 나는 유언하고도 살아 있소
아무도 죽지 않아서 슬프오
우리는 사랑 때문에 계속 자살하고 있소
제발,
남몰래 아름답기를……
그림자의 목을 조르고 내내 눈물 흘리시오
서로의 이승과 저승을 번갈아 건너는
참담 속에서 기다리겠소
캐시, 캐시

바다무덤

갯벌 위 선인장,
젖은 진흙 속을 뿌리로 휘젓는다

새의 주검으로 몰려드는 바다마을 아이들
날아오르지 못하는 새의
무명(無名)을 위로하고 싶어서 아이들은
유독 날개만 짓이긴다
인큐베이터에서 끌려 나온 미숙아처럼
흐느적흐느적 새의 몸이 뒤틀린다

뭉개지는 죽음

물이 너무 많다

트럼펫의 슬픈 발라드*

허공은 늘 다친다
생명의 습관은 자꾸 죽는다는 것이다
그 우연이 해몽의 부피를 어림잡을 수 있는,
욕설의 유일한 종류가 된다

인간은 모르는 인간을 낳는다
모든 물질이 스스로 실성하는 순리

너는 이 세계에 내가 살아 있었다는 증거다
몸의 바깥을 배회할수록 인간은 농익는다

암석
땅 위엔 푸른 피

땅 위엔 푸른 피

* 알렉스 드 라 이글레시아Alex de la Iglesia.

당신의 심장을 나에게

　당신과 재회했다. 이별은 헤어지는 사람들로 하여
금 오래 살게 되는 병에 걸리게 한다. 내 기억은 당
신에게 헤프다.

　어쩌면 이리도 다정한 독신을 견딜 수 있었을까.
　세상에는 틀린 말이 한마디도 없다.

　당신의 기억이 퇴적된 검은 지층이 내 안에 암처
럼 도사리고 있다. 어떤 망각에 이르러서는 침묵이
극진하다. 당신은 늘 녹슨 동전을 빨고 우는 것 같았
다. 손이 잘린 수화(手話)를 안다. 우리는 악수를 손
으로 설명하지 않는다.

　추상의 무덤에서 파낸 당신의 심장을
　냇가에 가져가 씻는다.

　누가 버린 목어(木魚)를 주웠다. 살덩어리가 단단
해서 더 비렸다. 속마음을 다 드러내면 저토록 비리

게 굳어버린다던, 당신의 이야기. 이따금씩 부화하
는 짐승의 말.

지금 쉬운 것은 훗날에는 아쉬운 것이다.
버린다고 버려지는 것이 아니다.

어떤 강기슭에서는 사람이 태어날 때 끊었던 탯줄
을 간직해두었다가 죽을 때 함께 묻는 풍습이 있다.
서로 떨어지지 못한 채 남이 되어버린 슬픔. 지금은
내가 먹을 수 없는 타액을 떠올리며 나는 마르게 웃
었다. 결국 우리는 서로에게 상처받고 싶었던 거라
고 자백했다. 살을 짚어 만나는 핏줄처럼 희미하게
그리워하는.

심장은 몸이 아니라 몸의 울림이다.
내가 아프면 당신도 아파하고 있을 거라고 믿겠다.
그 아픔에 순교하는 심장이 사랑이다.

고통의 타인

입 없는 말
나는 얼굴에 드리운 빛의 혈통을 짚는다
석양은 색을 잃기 전에 가장 선명하다
저 세계에 전쟁이 있어
이 세계에 폐허가 풍성했다
더는 깊어질 수 없는 동굴의 가장 깊은
속(俗)을 음미한다
상징은 기억의 재해가 아니다
잃어버린 적 없는 뼈와
그 뼈를 대속해온 피 혹은 살
듬성듬성 자라나 들판의 외로움을
한 철 동안 자잘하게 흔드는 벚나무여,
나는 네 잎을 흔드는 바람에
갈대처럼 허리를 굽히고 울 것이다
어슬렁어슬렁 걸어가는 산짐승들의 뒷모습
그리고 그 뒷모습에 배어든 야만
외등처럼 빛나는 동공만을 얻어갈 수 있다면……
존재가 부재하므로 존재감은 더 존재한다

삶을 조율하지 못하는 무덤들,
원시림처럼 무성한 유골들에게
내가 시무룩한 복음들을 읊어주는 외로운 시절
수음한 적 없는 늙은 남루가 되돌아올 것이다
사랑보다 먼저 태어난 홀몸이여,
실연으로 곪아가는 알몸이여
아픔이 벌거벗은 채 길 위에 서 있다
눈물 흘리지 않고도 우는, 그 만져지지 않는 몸
상처 저문 자리에 고이는
외눈박이의 눈
흐려지는 물의 언덕
나는 버려지기 위해 타인이 필요하다

무제
—— 부제

절벽에서

돌은
절망을
사랑한다.

태엽을
감을 수 없다.

꽃 없는
꽃이
꽃을
피운다.

안개는
허공 속에서
허공이
될 수가 없다.

부제
— 무제

피가 아프다.

나무는
부러진
몸에서
나이를
들킨다.

기억으로
숲이 우거지면
다
잊혀진다.

귀
잘린
사람에게
사랑한다고
속삭인다.

시간의 피

차가운 북쪽으로 향한다
뼛속의 체온까지 빼앗아가는 추위를
몸보다 마음이 먼저 닮는다
꽃들이 몇 번씩 자꾸 피어나면서
먼 길이 거듭 새로워진다
진 적도 없으면서 계속 피는 꽃
더 화사한 피를 마시러 간다

시간이 부재하는 존재,
이런 종류의 인간이어도 괜찮을까
강가에서 오래된 경(經)을 읽고
예언과 암시의 간격을 잃다 떠난다
작은 정신의 행렬들이
때로는 발을 젖어 있게 한다
익지 않고 이글거리기만 하는 해
무덤의 주인에게
되돌릴 수 없는 세속이다
인간은 시간의 후예

팔 없는 활잡이여,
팔이 그리운 활잡이여
나무들의 머리카락이 바래다가
끝끝내는 하나둘씩 떨어진다
피 흘린 적 없는 꽃

벗겨진 누추를 만진다
속에서 짚이는 눅눅하고 음산한 공허
시간 없이도 꽃이 아름다울 수 있을까
짐승의 기름에 깊이 빠져
울렁거리는 촉감을 유영하던 밤
살을 말려 숨은 피를 본다
죽어서도 붉을 수 있는 피를

그을린 슬픔

투명보다 투명을 보는 시선을 꿰뚫어 보기 쉽다

당신이라는 인칭,
내가 전부 살 수는 없는 시점들을 살면서

물기가 없는 벽은 이별을 살다 간 흔적이다

우리의 차가운 발자국들이 이토록 다정할 줄이야

여백에 손을 담가보면
이번 죽음이 얼마나 거짓될지, 가늠할 수 있다

외면할 수 없는 무언을 발음해야 한다

뜨거운 미음에 잠긴 숟가락처럼
당신의 몸 안에 나의 일부가 흘러들어갈 때

수명을 다한 치아들을 골라 깨문다

죽은 짐승들이 머무는 묶음에는 혼이 있다

표정에 기생하고 있는 저 입술 같은 문장

당신을 만지려면 얼마나 많은 손이 나를 잃을까
고독을 다독이는 삶

얕은 기침을 시작하는 생애의 저녁,
수증기를 지우지 않는 먼 거리를 허락할 것이다

투명한 당신에게 뼈를 끼워주고 싶다

우리는 그리워할 수 없다

병든 손가락

울음이 얼어붙는 허공
삶의 잡종들만 모아놓는 겨울이다
짐승들도 울고,
앙상해진 나무들이
표본실 바깥에서 유리창과 맞부딪히며
이를 갈고 있다
을씨년스러운 배경에서
먼 인간으로부터 이름을 유린당한 풀꽃들은
현생의 조촐한 은유에 흡수되는 것이다
몸이 부러지면
몸의 일부를 잃는 것이 아니라
몸의 새로운 형식을 얻는 것이어서,
세월의 절묘한 전통 아래
이미 잃어버린 열매의 살코기는 의뭉스럽다
물거미는 습지대로부터 자신의
연령을 서서히 쌓아 올리며 이 파탄에 이른 것
어느 구설수에도 오르지 않은
바람의 굉음

짐승들의

슬프고 위험한 눈빛

수심(愁心)에 잠기지 않아도 존재는

욕심을 넘볼 수 있다

야윈 나무들이

공기 방울들을 아우르며, 풍성하던 과육의

환청을 되감아 듣는다

허공의 숨골에 융화되어가는 고해와

표본실에 갇힌 야화

피 흘리며 태어나는

생명의 형틀에서 자고 깨는 하루하루
삶에 적용되는 혼란은 지루하다
어두운 숲을 베긴 검은 비단의 윤기처럼,
짐승들은 자연스레 올가미에 걸려든다
어떤 존재도 시간보다 더 오래 숨 쉴 수는 없다
마지막 눈동자를 기리는 그 축제
하고 싶은 거짓말이 없는,
할 수 있는 거짓말이 없는

마음을 가진 자에게서, 사랑은 언제 죽을까
사랑을 모르던 때에 만났던 사랑을
사랑이라고 불러도 될까
만삭의 빗과 백발의 들
죽어서야 어길 수 있는 거짓말의 율법으로
이별은 한 번만 더 태어나겠다고 맹세하고 있다
그 불경한 위반을 거스르는 일로
찰나를 되돌릴 수 있을지언정
빈 속내를 따뜻하게 채울 수는 없다

그러나 대저 살이 죽으면 칼이 되고,
수억의 생애들이 끼워진 쳇바퀴를 달리는
슬픈 열반으로부터 해방될 때
인간의 몸부림을 탈주라고 부를 수 있을 것이다
다만, 외로워서 실수하지 않기를
외로워서 실수하지 않기를

춤추는 폐
우주에서 파수꾼들은 빛을 시간으로 측량해서
고독을 단위로 받아들일 수 있다
해는 타오르고 땅은 인간의 발을 경배한다
죽음에 관해 산 것들은 죽은 것들보다 더 집요하다
인간은 태엽 없이 시계의 시간을 믿고
은유는 세계를 닫을 것이다
죽으면 별을 밟고 우주로 올라갈 터
사랑을 배신하는 것으로 다시
사랑할 수 있다
자해할 수 있다

연옥의 노래

살아남는다는 것은 죽음에 실패한다는 것이다

나는 번역될 수 없는 사랑의 한 구절이다
어느 부족의 여자들은 뺨 위에
눈물이 흐르는 길을 화장하는 관습이 있다

슬프므로 나는 기둥이 되지 않겠다
기필코 쓰러지겠다

부적들을 옷처럼 기워 입은 숙명
병의 질감은 자신을 환멸하는 피로 이루어진다
무서운 파계를 기다리는, 풍만한 기형아들
풍토병에 걸린 나무들
할례받지 못한 식물

살아남는다고 삶에 성공하는 것은 아니다

나는 내 시보다 천하다

내 시가 죽을 때까지 천하게 쓸 것이다

인간 없이 떠도는 인간의 거짓말들
어떤 병으로도 환생할 수 있다

입술을 얻어 오리다, 사람을 일깨울 수 있는
입술을 버리고
나는 물질로 개종하고 있다

모성(母城)

환하게 트인 베란다 앞
모친의 발을 손에 얹고 발톱을 깎는다

이웃들이 서로 등지고 문 닫은 아파트로,
하늘에서 이사해 온 바람이 슬며시 손을 내민다
모친의 첫울음과 함께 태어나 세상을 배회하던
바람이 우연처럼 오늘에 온 것이다

세월이 지층처럼 몸에 주름으로 쌓이는데,
그 주름들을 받치고 산 발의 무게가 제법 묵직하다
처연한 풍경들을 걸어온 이 발도
언젠가 걸음마 떼고 고무줄놀이하며
발톱들을 떠나보냈을 것이다
떠나보낸 발톱들은 어딘가로 버려지면서 모친의
생애 처음을 되찾고 싶었을지도 모른다
바람이 나와 모친 사이를 발음하고 있다

고개를 수그린 나에게 모친은

이 삶의 안식을 조금만 더 아우르라며
홀몸으로 유목하는 시늉은 하지 말라며,
자꾸 내 육성으로는 깎을 수 없는 핀잔을 건넨다
그 기구하게 허물어진 모성이라는 성터에
가뭇없이 묻히고 싶다고 생각한다
문 닫힌 이웃집에서도
저마다 바람을 찾는 손길이 있을 것이다

가만히 계세요, 모친의 발을 잡는다
세속에서 사람들은 바람이 울고 있다고 할지언정
웃고 있다고 하지는 않는다
모친은 첫울음으로 떠나보내야 했던
바람을 한 입 머금고는 내 머리카락을 만진다
그 손길이 간지러워, 나도 바람을 한 입 머금는다

바깥에서 온몸을 실어 우리를 만지는 바람이 있다
언젠가 그 바람이 내 곁을 다시 스쳐 지나갈 때,
기억해야 할 눈물이 있을 것이다

누설(漏泄)

사라지는 소리를 듣고 있다
말이 귀의 바깥과 입의 바깥에서만 맴도는 저녁,
밀애를 들킨 연인들이
묽게 흐느낀다

서로의 앞에 바쳐진
타인들을 증명하는 윤리가 필요하다

시계공의 윤리는 시간이 아니라 방향

모든 이름은 가명이다
모순은 완벽하다

방랑하는 한 생이
객지로부터 아득히 먼 곳으로 걸어갈 때면,
행려는 광야의 지평선으로 흐려진다

장님이 눈멀기 직전에 보았던 최후

유배된 겨울

멀리 떠나온 고향으로
귀향하지 못했던 노년들이 되돌아간다

절반쯤 마른 댓잎이 바닥에서 부스럭거리고
조금 위엔 잔가지 무성한 관목들이 휘어져 있다
썩은 고목은 커다란 둥지를 비틀어 올리며
바람의 왕래를 장려한다
긴 뿌리로 완강한 바위와 황폐한 흙바닥을 깊이
들쑤시고 앉아,
잎을 거의 떨군 나무의 층계가 훤하다
한 세대와 맞바꾼 초록(草綠)

몇 가닥 흩어지다가 간간히 사람의 집에 머무는 길
마을 어귀 어딘가에는
고향 떠나 이 땅에서 삶을 갈무리한 사람들이
묘비 없이 묻혀 있다
나무의 후생이 될 그 헛헛한 터전
모두 죽음의 소생(所生)들이다

까마귀는 울고
이름을 갖지 못한 묘지들이 허허롭다
얼어붙은 계곡 바위 밑으로,
제 살갗에 계절을 덧칠한 바위를 보며 혀를 차듯
쿨럭쿨럭 물이 흐른다
물은 여기서부터 큰 도시로 굽이쳐 흘러가,
오줌을 희석시키거나 더러운 강물로 뒤섞일 것이다
마치 사람의 마을과 마음에 깃드는 하얀 오염처럼

겨울 숲에서 밤새도록 관목들이 기울고,
그 안 보이는 중력에 새는 정색하며 울지 않는다
둥지 속에 두고 온 체온을 추억하는 묵념

쉰 밤 내내 눈 내리는 유배지 마을
잡초들이 헝클어진 묘지에
불현듯 오래된 발자국들이 선연하게 되살아나고
길이 끝난 자리마다 다시 길이 태어나는데,

채 얼어 죽지 않은 벌레들의 노랫소리에
사람들은 귀를 여민다
눈밭 하얀 계절의 허공에 숲이 합장하고 있다

미래로부터의 고아

괴물의 초상과 대칭되는 나체

곪은 종기들을 짜내 접시에 담는다

장작과 비, 불길이 메말라간다
뭍과 물에서 괴리된 해골은 어디서 부패되는가

비누들이 물기에 젖어 우는 화장실,
성기는 변기의 둘레를 맴돈다

목소리의 배꼽

인간은 거울 앞에서 제 눈을
바라보는 것을 두려워한다

농아의 슬픔을 깨닫기 위해 부러뜨린 입술과 귀

멀어지는 남처럼 감정을 떨어뜨려도

형식을 가지지 못한 것들의 생이별을 알 순 없다

홀몸이라는 별과
그 홀몸들이 모여 흐르는 별자리

사랑이 녹슬어가는 것을 수락하기를

모든 불륜은 꿈꾸지 않았던 근친상간이다

신의 희작(戱作)*

흰 피와 검은 살, 연애는 끝났다
심리를 섬기는 육체는 여지없이 혼몽하다
밝은 입술

양귀비밭, 순진한 처녀는 더러운 남자들에게도
스스럼없이 젖을 내놓았다
그 기구한 애무를 외울지언정
함부로 얻을 수 있을까
삶이 고스란히 표백된 노파처럼

의미들을 벗기자 적막이 아우성친다
아기들의 마성(魔性)
죽음의 근사치를 처음으로 만나는 종교의 문신들
눈 없는 인간이 울고 있다
밝은 입술로부터 구전되어온 윤리

위로를 앓는 감옥으로,
몇 닢의 온기를 구걸하는 거짓말쟁이들에게

권태를 잃어버린 은둔을

바다 습곡에서의 삭풍
죄의 삯으로 먹이를 받은 금수들은
허기의 까닭을 모르고
고아들은 구두 신은 채 잘린 발목들을 추억한다

인간의 입술로 묘사되어
인간의 형식에서
가장 낯설게 멀어져가는 절창

* 손창섭.

Aleph

길 위에 까마귀들이 굳은 듯 앉아 있다. 과거로부터 잘려 나간 나뭇가지들뿐. 황야라고 발음되면서 황야는 다시 울창해지려 한다. 메마른 육욕이 그리워서 길은 이 둘레가 되기를 거부하고, 밤과 낮이 뒤바뀌고 뒤섞인다. 뭉툭해진 가시덤불의 울음이 있다. 푸석푸석하게 무너져가는 희미한 자갈들 속에서 방랑은 출몰한다. 저 빈자리마다 부모를 낳고는 떠나버리는, 돌아오지 못할 탕자(蕩子)들. 다 까마귀밥이다. 생애로 얽히고설킨 머리카락을 빗방울에 적셔 풀어 헤치고는, 적막하게.

Pharmakon

눈사람, 입을 열지 않고 노래한다. 지하의 쥐들이 지상으로 나온다. 아이들은 번개처럼 번쩍번쩍 잔상을 빛내면서 집으로 돌아간다. 지난 계절이 다 녹았을 때, 물은 이것저것 개명하려고 어디로든 흐를 것이다. 사후(死後)의 계몽. 독이 머물렀던 자리에는 언제나 색이 남는다. 천둥의 굉음이 어딘가에 있을 세계의 귀를 찾고, 낫지 않는 아픈 무죄. 혈통은 그렇게 길어진다. 구름의 손가락들이 산 것들에게 입을 가져다주려고 심부름을 간다. 빗줄기는 퉁명스러워서 비뚤어진 채 내린다. 구더기 같은 자세로 사람들은 저마다의 방에 웅크리고 숨어 있다.

물−집

물은 몸의 쓰라린 자리에 집을 짓는다

내 곁에서 울면서 슬픔에 수긍하려고 고개를 주억
거렸던 당신

꽃이 매춘하였다*

수화기 너머 당신의 목소리가 창백해졌다
인사를 인사처럼 할 수 없는 쑥스러운 사이

사랑은 이름을 기억하는 일이 아니라 이름을 지워
주는 일이었음을

음악이 혈액처럼 흐르는 밤**

이해하지 못할 것이 없어 세계는 무료하다

당신에게는 없는 몸이 있어서 내 몸을 할애하여

채워주고 싶다,
　당신의 없음을 없애고 싶다

　몇 차례 유서를 남겼지만 지키지 못했다

　목소리의 배후에 숨겨진, 썩은 귀

　사람이 꽃을 위해 꽃말을 지어주면 꽃은 그 말을
부정하기 위해 시든다

　물의 흉터에서 건진 뼈

　마음의 죽음에서
　마음의 처음으로 거슬러 올라가기 위해

　* 김종한, 「원정」에서.
** 김종한, 「살구꽃처럼」에서.

살해된 죽음

우리는 주검에서 피어난 쌍둥이 괴물. 청춘을 불태워봤자 늙어서 남는 것은 한 줌 잿더미일 뿐이다. 겨울이 비극에 사로잡히자, 색 바랜 풀꽃들이 눈보라를 연주하며 계절을 위로했다. 바다가 메마를 때까지 기다리고. 우리를 기다리던 바다의 뼈.

일 년이라는 것은 그저 계절들이 차례대로 미치는 단위에 지나지 않는다. 찬란한 물이 고체의 언어를 발음할 때부터, 비로소 우리는 기형에 짓밟힐 수 있었다. 허무가 향기로운 봄, 서로의 몸에서 닮지 않은 부분을 찾아내려고 우리는 이듬해 봄이 올 때까지 거울이 되었다. 뼛속까지.

해변을 거닐며 모래에 찍은 발자국. 파도가 한번 쓸어서 가져가면, 그 발자국은 이제 누구의 소유인가. 감정이 병들어서 우리는 참담을 기억할 자격이 없었다. 바다가 물로 뼈를 감추고 넘실거리던, 풍요롭고 앙상한 겨울을 애도한다. 세계 때문에 우리가 달라지지는 않을 거라고 다짐했다. 아프다, 뼈아프다. 오해보다 이해가 병이다.

뼈밖에 남지 않은 바다에 재를 뿌린다. 물수제비 뜨는 자리마다 피고 지는 허공의 발자국. 나머지 계절들이 모두 비만해서 하늘에서는 아무것도 내리지 않았다. 물이 흐르지 않을까 봐 우리는 눈을 뜨고 두려워했다.

인간의 슬픔을 미화시켜줄 세계가 없다. 우리 생애 가장 눈부신 암흑. 그리워하지 않겠다, 얼음이 서려 있는 편지 귀퉁이마다 하얗게 녹지 않는 슬픔, 슬픔들. 푸른 봄이라니, 우리를 웃긴 그 언어. 부디 거짓말하지 말아라. 우리는 끝나지 않은 겨울을 소진하느라 너무 많은 눈물을 흘렸다.

기형도

성난 기억과 덧난 추억

문명에서 밝힌 불빛으로 눈을 가진 밤

살해된 부모의 피로 몸을 칠하고 배회하던 사연

언젠가 먹구름이 될 구름들

빛을 따라 이주하지 않는 꽃의 게으른 체류

사랑이 사산한 괴물들

사라지지 않는 폐허

각별해지지 않기 위해 사람을 품는 서러움

원치 않는 우연으로 멀어진 사람들

어딘가에서 훔쳐 온 봄

거친 삼베옷처럼 쇠약해진 노파가 옷 벗는 소리

흘러내려 오는 슬픔들을 두 손 모아 받는 여자

손 아래로 새어 나가는 범람(汎濫)

따뜻한 침묵과 다정한 이인칭

빌려 쓴 죽음을 갚지 못해 살아 있는 사람들

죽은 사랑에서 살아남은 애인들

살아남은 애인들을 위한 이별 노래

한 번의 연애가 끝나자 한 편의 시가 완성된다
당신을 필사해온 내 이력의 최후
모든 외마디는 명멸한다
돌아오지 않는 폐곡선,
오늘은 누구라도 나를 조심했으면 좋겠다

상처는 녹슨 뼈에 새겨지는 방식으로 남겨진다
필름이 끝나는 소리가 난다
곁에 있어줘서 고마워요
나는 곁에 있는 게 아니야, 그저 남겨지는 거지
아무런 감흥도 없이
입에서 귀로 흘러들어가는 종언
나는 당신을 저주하는 나를 용서하기로 한다

날짐승들은 흙을 더 많이 기억한다
부르튼 눈동자로 보는, 푸르지 않은 수평선
모두 잊고 태워버린 시집에는
완벽하게 윤색된 기억들이 아우성치고 있다

거짓말들로 꾸려진 가구들은
언어의 공백을 감정하느라
사무치도록 흉측했을 것이다
오해할 수 있는 만큼 이해하고
이해할 수 있는 만큼 오해하는

아무 이유 없이 오랫동안 가만히,
서 있고 싶을 때가 있다
버려진 퍼즐 한 조각 같은 불구로 남기를
당신보다 당신의 비밀을 사랑해요
사랑의 애인이란 그토록 외로이 무능하다
처절하고 치졸하다
연애, 가장 소원한 애무로 위로받는 일
타인이 쓰고 간 축축해진 칫솔을 다시 쓰면서

때로, 만나본 적 없는 소문이 나를 살해한다
창가에서 상념과 함께 불그스름하게 젖어드는
육신을 위해 날개를 만들 것이다,

촛농을 녹여 만든……
어떤 애인은 살아서도 방치되는 의미에 가깝다
당신의 뼈를 잊지 않을게요,
부둥켜안아도 만질 수 없던 그 내부의 울림을
입술들을 다시 모아 붙이면
침묵을 폭로하던 홑몸이 부서질 것이다
어떤 익명이 나를 안으면 그 이름이 되겠다

윤회의 집에 이르러,
불살랐던 시집들이 낳은 잿더미가
뿌옇게 바닥을 지배하고 있다
당신은 내 심장을 기억해주시겠습니까
가면들은 저마다 자신을 풍자한 언어에 불과할 뿐
제 몸이 아픈 줄 모르고 떠났다가
죽어 돌아오는 사람이 있다
통증을 얻으러 나선 전쟁터에서
수레 가득 주워 온 죽음들끼리 서로 부대낀다
저 무일푼의 생애들을

현생에 초대된 적 없는 연애로 봐도 될까
나는 당신이 버리지 않은 시구로만 독해되겠다
비유로부터 빌려온 애인이
헐벗은 습성을 보채고 있다
몇 가지 다른 종류의 침묵들이 갖고 싶어지는 순간
문 열린 독방에서 나가지 않는다

제3부

물의 누드

귀머거리에게 소리는 가난하게 들려온다

나는 오랫동안 태어나고 있다

살을 섞고 삶을 나누던 기억
당신을 잊었다는 사실을 잊을 수 없다
망각까지 잊을 수는 없다

누드는 벗은 몸을 그리는 것이 아니라
벗은 몸을 보는 시선을 그리는 일이다

당신이 물결치면 내가 흔들린다

어떤 말은 이해하지 못해도 그 말이 나를 이해한다
내가 이해받는다

만질 수 없는 것을 만진다
은자는 함께 숨을 한 사람을 기다리고 있다

미안의 피안

나무가 선 채로 죽어가고 있다
우리는 나무가 죽어가고 있음을 이해하려 한다
삶 자체가 죽음을 이해하려는 시도일 터
벌레들은 듬성듬성 드러난 뿌리에서
흙냄새 나는 고요를 더듬으며,
세계를 풍화시키는 눈부신 적막을 읽는다
죽어가는 나무를 위해 우리가 할 수 있는 기도는
나무의 죽음을 믿는 것뿐임을 안다
나뭇가지의 어느 허리춤에서 거미 한 마리가
죄를 한 올씩 엮어 집을 짓고 있다
살아서도 흔들리는 우리의 온몸,
섭생(攝生)의 거처는 바깥이다
나이테가 삶의 흔적이라고 이해할 것이 아니라
삶의 이전까지 역주행한 의지라고 할 때
나무는 권태로운 후생으로 다시 태어나
갈증 속에 은둔하는 씨가 될 것이다
우리가 모르는 사랑은 서로 마주 보는
눈동자들만 남몰래 밀회하던 세계여서 슬프다

편애, 사랑에 치우치다*

당신이 나에게 말했다,
바람은 늘 누군가와 사랑하고 헤어지는 것 같아

북국에서는 눈 내리지 않는 날
열차가 얼지 않아서 오히려 미끄러질까 봐
걱정한다 했더랬다
숨이 조금도 스미지 않은 그
몸으로는 떠나고 싶지 않았을지도 모른다

바람처럼 헤어지면
바람처럼 만날 수 있을까, 다시

나도 당신처럼 알고 있었을 것이다
옛 바람에 오래도록 길어지던
울음의 기억들,
당신하고 나눈 것은 아니지만
당신도 기억하던 그 기억
무엇이든 잃고 싶지 않아서 많이

울었지만
우는 동안 많은 눈물을 잃었다

타인의 세기를 훔쳐 살며, 아, 잊어버린
색으로 불륜 맺으러 가던 추억들

알고 있다,
눈물 흘리지 않고는 못 배길 사랑의 미신이여
못 믿어도 믿어야 할 우상들이여
언제나 가슴 시린
거짓말들만 몇 번이고 다시 곱씹었더랬지

축축하지만 메마른, 비 오는
북국의 겨울에 한 입 머금은 심장
그 더운 입술이 그리워서
당신은 내 앞에서 울었고 나는 울지 않았지

울지는 않았지만

나는 누구보다도 울음에 대해 잘 알고 있었다

그러므로 내 것이 아닌
기억 때문에 입술을 훔치지 마라, 다시 쓰지 않을
사랑이여, 사람을 설계하지 말아라
죽어 없어진 눈물을 흘리며
죽지 말고, 헛되고도 헛되게 살아라

당신이 나에게 말했다,
우리, 서로의 눈길에 길들여지는 바람이 되자

어쩌다 이곳에 치우쳐,
살아서도 살지 못할 시를 다시 쓴다

* 치우칠 편(偏), 사랑 애(愛). 사람들은 '치우친 사랑'이라고 읽지
만 나는 '사랑에 치우치다'라고 읽는다.

서스펜스 히스테리아

겨울만큼 간절한 외면이 있을까

밤에는 그림자가 좋아진다

음을 이해하기 위해 철 지난 혼돈으로
오랫동안 침묵을 메워온 기억도 있다

죽은 혁명을 살아본 적이 없어도

음치가 노래를 부르려고 안간힘을 다해
입술을 오므리고
표정을 구기고

퇴폐는 이해하는 것이 아닐 것이다

나무가 없는데 불타오르는 저 숲은 어디인가

신을 모르고도 죽을 수 있는 겨울

인간의 눈이 내린다

나는 영원히 기다리는 사람이다

인간은 서로에게 신을 바친다

많은 이별을 겪다 보면
사랑이 이제 우리의 외곽일 뿐인 시간이 온다

내면이라니,
제 속만 헤집느라 상한 그 동굴 속
박쥐들처럼 흉터가 거꾸로 맺히고

살갗이 조금이라도 쓰라리면
마음의 사도들이 경을 왼다

한 생의 물혹이 몸에 머무는 동안만
착오한다

밤의 언저리

성운(星雲)은 월식으로 흐르는 열외의 구름

작고 무거운 종들은 바깥의 가장자리만 가진 탓에

흩어지지 못한다
다 흩어지지는 않는다

우리는 서로의 눈을 함부로 마주 보아선 안 된다

서로의 사악함을 알고도 서로를 사랑하게 된다

미친 자들의 눈
눈의 유해(遺骸)

오래된 눈물

인간은 인간을 쉽게 죽인다
인간을 살리는 것보다 죽이는 것이 더 쉽다

당신과 함께 죽기 위해 당신과 함께 살고 싶다

당신의 유서를 대신 써주는 밤
사랑을 고백하는 기분으로

이별만 있는 어느 나라에서는
사람들이 외로워서 머리카락을 기른다

누구나, 삶에 인색하지 못했던 것이 가장 미안하다

산만한 외국어들이 음란하게 귀를 적신다
고개를 돌릴 때마다 당신의 체취가 떠오른다

다시는 태어나지 말라고 죽음을 축복하는
저 기쁜 장례

당신이 나를 살고 있다는 것을 나도 알고 있다

신이 소생시키지 못한 인간의 우상
오직 아름다운 거짓만이 인간을 살릴 수 있다

돌아올 수 없는 윤회

누구나 죽기 전까지 한 번쯤은 죽어보려 한다
나는 당신을 버리고 꽃 피웠다
병든 감정에서 떠나온 실향민들
표정이 죽은 얼굴을 흉내 낸다

당신은 온전히 당신으로 이루어지지 않았다
사랑을 시작하면
애인들은 내가 너무 차갑거나 뜨겁다고 운다
어떤 말은 잊혀지지만
어떤 침묵은 잊혀지지 않는다
내 것이 아닌데 나를 외우는 온도가 있다

당신을 베끼던 나의 손과 나의 입술
불안한 저울에 가까워져가기 위해 시소를 탔다
꽃을 보았으니 울어야 한다
전생에는 당신에게 비밀을 나눠주지 못해 애석했다
혼자만의 침묵보다 더 고요한 타인들과의 침묵
육체라는 주사위를 굴려,

자신이라는 상상과 타인이라는 추상을 번갈아 쓰곤
끝내 벗겨져버리는

나에게 당신이라는 병을 밀고한 사랑
폐허는 그 자체로 풍경이다
죽으려 했으나 죽지 못한 삶들,
죽음의 서글픈 실패작들이
가장 깊숙한 곳에서부터 썩어 들어갈 것이다

다시 당신 몸에서 한철 꽃 피우고 떠날 수 있을까
시간을 복용하는 시계
어디로도 통하지 않는 문(門)들
가랑잎처럼 피안으로 떠내려가는 혓바닥이여
생사를 거듭해야 할 약속이여
이번 생은 나를 만나지 못하고 뒤늦게 태어난
당신의 전생을 내가 사는 시간이다

가짜 동화

이 정적으로 귀양 온 바람이 무덥다

키 낮은 묘목의 속눈썹은 꽃이다
유서 깊은 고릉(古陵)에서는 사시사철,
나무에 속눈썹이 없으면 패륜이다

황후가 황태자와 바람이 나서
황태자를 죽이고 자살해버렸다던 황제의 전설

농담에는 양보할 수 없는 웃음이 감추어져 있다
배다른 폭력이 매복한 말마디

노예들은 주인이 없을 때 춤추는 게 아니라
주인이 있을 때 춤춘다

무당은 꽃을 불에 구워 다시 조심스럽게 빚는다

스스로 멸망해버린 제국

106

사라

사라,
나는 죽을게, 너는 살아
살아서 내 죽음을 보렴, 보면서 행복하렴
사라,
우리가 악연이라면
우리가 악연으로라도 인연이라면,
너로 시작된 절정을 너로 끝낼 수 있을까
사라,
괜찮다고 위로받으면 살 수 있을 거라 착각했어
그러나 사라,
너를 기록하기 위해 만든 문자로는
내가 이 세상을 기억할 수 없었지
알아, 사라, 알고 있어,
내가 밝힌 세상에서 너는 사라져가고 있다는 걸
사라,
나는 죽을게, 너는 살아
살아서 내 죽음을 보렴, 보면서 행복하렴
네가 날 욕하는 행복에 겨워 내가 미칠 때까지

無花果
— 죄책감

죽음이 왔다

당신의 마음이 휜 자리에 꽃핀 죽음

어떤 나무는 열매 맺지 못한 채 죽지만,

꽃을 피우지 않는 이름으로 열매 맺는 나무도 있다

붉어지지도 못한 채 펄떡거리며

숨 쉬는, 당신의 병

병은 감정이라는 것을 우리는 안다

당신이 나에게도 옮겨놓은 그 아픈 감정이

사실 내가 낳은 더럽고 환한 죽음임을

나는 모른다

강처럼 굽이치고 지나가는 눈물

당신을 아프게 해놓고 당신을 치유해도 될까,

짐짓 모른 척해왔던 거짓된 내재율

어떤 사랑은 사후에도 죽음에 시달리는데

우리는 죽어서도 사랑을 죽이지 못한다

먼 외풍으로 여기 삶을 뒤흔들고 떠나간다면

사람일까 바람일까,

스스로 용서하지 못하고 망설였을 것이다

눈물이라는 열매 몇 방울
햇볕처럼 마음의 한낮에 스며들어
당신이 건네준 죽음으로 나를 적시는
위험한 홀몸이 있다,
채 꽃피우지 못하고 다시 맺히는 슬픈 온도
비로소 그 온도를 울 수 있었다

검은 여름 열대병

내가 충고한 여자들은 모두 자살하거나 죽었다

한 무리의 물소들이 언덕에서 제 털과 풀을 뒤섞고 있는 밤이다

두루마리의 처음과 끝처럼 몇 겹이 덧대어진 하루

어젯밤까지 헤아렸던 별들은
지구에 닿는 동안 새워온 여름의 횟수라고 하자

가축들을 버리고 떠나는 농부의 의중을 핥으며

나와 너는 서로를 등지고 반대로 가면서 데칼코마니를 완성하고 있다
그 난시(亂視)가 다시 우리를 하나로 방관한다

나는 나를 지울 수 없어

아무도 이 더위를 손에 쥐지 않을 것이다
아직 뉘우치지 못한 죄인을 먼저 홀로 용서하는

종교가 우상이다

문지기들은 자신이 돌아가지 못할 성(城)을 지킨다
하얀 두부를 통째로 삼켜 내장처럼 간직하고 싶다

깨진 안경을 되찾아 쓰고 헤매는 혼돈

외뿔 짐승이여 우는 줄도 모르고 우는 내 유물이여

이 거짓말을 품으면 눈동자에서 꽃이 필 것 같아

세계를 살아가는 힘은 아직도 파괴할 것들이 많다
는 사실에 기인한다

나는 그 신(神)을 앓을 수 없다

악의 죄

헐벗은 눈
문밖
흘러내리는 참혹이 있고
순결한 토사물과
처진 팔

잠자는 태양
거룩한 풍문의 말미에서
높이
숲의 밤

팔

헐벗은 눈
겨울의
문밖
사형수들이 수군거리는
잠자는 태양

비루먹은 태양

태양의 피

시간을 (잃어)버린 시계

돌아올 수 없는 길을 간다
너는 태어나서 누군가와 포옹한다
진심을 갖고 사는 것만큼 혹독한 일이 없다
슬픔은 열려 있는 참상이다
너는 죽을 수 있을까,
사는 동안
죽음에 가난할 수밖에 없었던
―아무것도 모르면서 함부로 말하지 마
―아무것도 모르니까 함부로 말할 수 있는 거야
너는 너의 죽음까지 오래 산다
기억은 사라지지 않는다
사라졌다는 착란으로 남겨진다
그러나 기억의 존재를 믿는 것은 산 것들뿐
너는 어떻게 너를 참고 살았을까……
열꽃, 꽃피는 춤
돌아올 수 없는 길이라고 갈 수 없는 것은 아니다
빛을 읽는다
버리고 온 요람 때문에 너는 혼자 있다

돌

가끔
소리 없이 움직이는 것들이 있어

묶음의 이동

사라져가는 음정들이 걸어갈 때마다 사산되듯
태어나는 발자국
그 투명한 혼이 빛나던 것을 기억해

문
열려 있는지 닫혀 있는지도 모를 만큼
기다랗고 시커먼

묵은 여정을 삭인 방랑객의 늙은 머리띠처럼

몸의 바깥을 몸의 안에 품고 쓰러져가는

인간의 궤도에는 울 수 없는 돌이 필요하지

백경(白鏡)

천둥이 밤을 찢을 때마다 빛나는
우주의 저편으로 나는 너를

의안(義眼), 너를 보던 자리의

어떤 우연들은 마치 너처럼
매일매일 나를 우연으로 그냥 지나쳐간다

서리 내린 곳곳에서

너를 닮은 체취의 골격이 발견된다

세상은 연옥이라서 더 괴롭다
애증도 다 전생의 유품이다

조의(弔意)로 핀 꽃송이들
향을 거세하고 나에게, 나에게

이물(異物)

영롱한 램프 아래
조그마한 유리관

미친 바람이 구름의 형식을 분산시킨다
구름을 새 형식에 가둔다

아무것도 모르면서 피를 가지고 노는 아이들

말 없는 물
탑이 무너진 터에 바위산이 생기고
한 생애가 터뜨렸던 참상이 되살아난다

몇 번씩 파산한 사랑을 살고 있다
쓰임새 없는 고백만 타인의 곁에서 춤춘다

흉금 없는 사이에는 흉금이 있다

환절기

바람의 너그러운 긴 수염이 나무를 쓸고 간다
가지들이 가늘게 떨리고
열대병을 앓던 풀꽃들은 허공에 몸을 가눈다
혼자 몸서리치는 춤사위,
뼈아픈 절기의 내력이 농담처럼 떠오른다
종종, 나무는 이 황야를 거니는 짐승의 굶주린
들숨을 훔쳐 듣는다
그때마다 껍질 위로 풍화되는
기후를 바람으로 예감한다
간혹 문명으로부터 나그네들이 찾아와
나무의 밑동에 머물러 쉬고,
나이테에서 매운 기억을 읽으며 눈물 흘린다
그 밤
지문 묻은 악기가 적막을 깨뜨리고
굽은 나이테에서 지난한 슬픔을 풀어낸다
모두 사랑을 떠나지 못한 채 고인 웅덩이,
그 미신을 나무는 오래도록 바람에 길어 보내던
한 그루 풍향계인 것이다

가만히 서서 가끔씩 빛의 뼈를 만지는 일로
무료함을 달래는 나무의 겸허한 여생
바람이 제 나이만큼 자란 수염을
침묵으로 가다듬으며 여독을 갈무리한다
떠나는 나그네들의 발자국이 외롭게 남겨지고,
늘 거듭되는 돌림노래를 되감아 부르며
황야는 나무의 고독을 찬찬히 다독여주고 있다

침묵의 운율

후손들은 피를 모조리 도둑질해갈 수 없다

모질지 못한 야생을
부스러지지 않도록 조심스럽게 밟아준다

붓은 걸쭉한 먹을 먹어야 육필(肉筆)을 낳는다

잔에 주머니가 있으면 비로소 능청이 생긴다

불가마에서 은어(隱語)들이
살갗을 거뭇하고 거칠게 분장하고는
몸에 불을 지피고 있다

흉터에 묵고 가는 여행자는 춤추지 않는다

신은 폐허에서 노래한다

비인칭(悲人稱)

당신이 가지 못한 마음에 내가 들어선다

사라지는 것들이 있다
사라지기 전까지 미워하다 사라지기 시작할 때부터
비로소 사랑하고, 다 사라져버릴 때까지 포옹하던

향이 깊으면 존재보다 오래 산다

사라지는 것들이 있다
사라지는 것들은 사라지기 전까지 있다

나는 당신에게 나를 들키고 싶다

당신의 유서대로 살 것이다
당신이 남긴 것이 죽음이 아니라 삶이라는 것을
내가 증명할 것이다

당신은 나를 완성하지 못할 것이다

어둠론

빛이 있으면 눈에
보이는 것들이 보인다
어느 밤에는 그림자를 복원하는 도둑이 있다
눈에 보이는 물어(物語)는
빛으로 착란하는 거짓이다
흡뜬 사랑이다
고전적인 살처럼 하얗다
맹목과 열매
칠흑의 내부에서 사물은 육안으로부터 처형당한다
빛이 저음으로 내려앉고
빛의 산파로서 어둠은 없어지지 않는다
너무 밝으면 볼 수 있는 것이 없다
상상은 몸의 돌기에 가깝다
마음의 돌기가 더 무감하다
실뱀처럼 한 가닥 빛이 흘러와 꽃잎을 문다
무딘 무기로 살을 찢자
달걀만 한 우주가 고요하다
어제까지도 누군가는 뒷모습만으로 살았고

오늘은 모두 흉조(凶兆)를 찬양하느라 허무가 밝다
빛이 어두워진다
빛이 빛을 잃는 것이다
물 위에 커다란 목선 한 척이 닻을 늘어뜨린 채
용의 뼈처럼 정박하고 있다
붕괴된 계절들을 꿈꾸는 와중이다
갓 수염을 기른 어린 어른
어둠으로 빛을 지키겠다
천천히 석화되어가는 눈
울어라
어둠 속에 가만히 있으면
보이지 않는 일몰이 머문다
어둠이다
물질의 피와 피의 본질
울어라

후반기(後半期)의 연애

  다시 물이 빛난다. 오직 인간만이 유희적으로 섹스한다. 우리는 아직 태어나지 않은 후손들의 영전에 매복해 있다. 숫처녀들이 운다. 우리는 꿈꾸는 일로써 서로에게 교섭할 수 있을까. 봄은 죄지은 다음의 이야기. 아름답다. 햇볕으로 연붉은 계단 위에서 개구리들이 난교하며 웅성거리는 것을 상상한다. 죽어가는 자와 흡사한 죽은 자를 뒤로 한 채, 우리는 도시의 속살을 도려내려 한다. 기름기가 다소곳이 눌어붙은, 식은 고깃덩어리. 검고 우악스러운 거죽의 동공들. 열기는 온도에 의한 것이 아니다. 온도의 분위기에 의한 것이다. 우리는 감정의 성분들이 우리의 체취에서 예감될까 봐 두렵다. 아무도 남기지 않은 계시를 기다리느라 우리는 육체의 젊은 아름다움을 실종당하고 있다. 잊는다는 것과는 달리, 잊혀진다는 것에 가깝게. 한 번 더 물이 빛난다.

악마식물

물 긷는 말에 대해 이야기한다
자명종처럼 어슴푸레 울려 퍼지는 희뿌연 장송곡
어린 승려들이 품에서 말라비틀어진
씨앗들을 던져주고는 합장하고 되돌아간다

전쟁터로 향하는 어린 병정들의 무서운 눈
무서워하는 눈

눈

어떤 사람은 타인이 자신을 읽어주는 것을 듣는다

생장하는 물
그 울고 있는 물빛

교교한 달빛 아래,
뒷마당에서 과육을 훔쳐 먹고 온 장의사가 운다

존재의 놀이*

나는 나에게 버림받는 것보다
당신에게 버림받는 것이 더 두렵습니다

지독한 치정 속에서 홀로 깨어나,
당신 떠난 빈방에 눈먼지처럼 쌓인 겨울을
쓰다듬으며 밤을 더 깊게 파고 있습니다

마음이 몸을 두르고 꽃피운 기다림
그 지난한 머무름의 곁에는
서로 닮지 못할 삶이어도 거듭 서로를 길들이는
투명한 포옹이 있습니다

나와 당신이 각자의 사연으로 써 내려갔던
엽서들이 어느 세계의 끝에 닿으면
그때 비로소 나와 당신은 우리가 될 수 있을지요

눈부신, 눈부신 어둠 속에서
죽은 울음들을 가지런히 꺼내놓는 새벽

126

나의 두 손으로 당신의 손을 지그시
포개어 안고 싶습니다

당신이라는 정신이 있기에
육체라는 인형은 내게 아무것도 아닙니다

* 이산하.

자야(子夜)

재워주세요,
내 눈을 재워주세요
이승에서 이 눈들이 무얼 보겠어요
재워주세요,
내 눈은 그저 동공의 창을 열고
저토록 시뻘겋게 피 흘리고 시퍼렇게 미쳐가는
이승을 떠안아야만 하겠지요
단 하룻밤이라도 처참하게 잘 수 있다면
나는 돌아갈 곳을 다시 떠올리지 않을 거예요
이승의 온기는 저승만큼이나 서먹해서
순백으로 태어났거든 차라리 순백인 채 죽어버려야
속이 시원할 이승과 저승의 국경선,
그 건널 수 없는 무색 물결의 강
밤에 더 환한 눈을 깜빡이며
나는 이 가여운 겨울을 살 거예요
더는 내게서 맡을 수 없는 내 체취를 그리워하며
재워주세요, 그렇게 속삭일 거예요
밤처럼 저승처럼 깊어질게요

재워주세요,

내 눈을 재워주세요

나를 닮은 인형과, 한 꿈으로 끈적이는 초야(初夜)

제4부

바벨

이제 인간으로부터 육신을 돌려받을 차례다
우리는 서로의 죽음을 본 적이 있다
적막하게 불타는 문
아직 쓰지 않은 당신의 시를 읽었다
살아 있는 피를 마신다
인간은 태어나기 전부터 울고 있었다
철조망 사이 햇빛에 바랜 풀잎사귀들이 듬성하다
우리는 눈에 보이는 것들이 신기하다
단지 당신만을 실험했어야 했는데……
가끔, 오래전에 적었던 문장을 다시 적곤 했다
불리한 꿈이 삶을 조립한다
꿈에서 잠들어야 찾아갈 수 있던 삶
죽은 곤충들이 갈라진 배 속에 허공을 바르고 있다

우리는 언제나 무덤 속을 사는 것 같았다
늘 실패하는 실험밖에 할 수 없었다
죽음의 주검을 발견한 자가 늙어가지 못하는
제 불구를 지켜보며 영생을 산다는 이야기

목동이 피리를 짚어 연주하며 흐느낀다
오직 마음을 없앤 자만이
고집스러운 비유를 견딜 수 있다
전생으로부터 후생까지 가장 흉악한 장면
마음을 벗겨내면 숨은 몸이 있다
몸이 숨어 있는 것이 아니다
숨은 몸이 있다

생명을 되팔면 행복이 온다
인간은 사랑을 믿지 않으면서 사랑을 한다
날개가 비뚤어진 잠자리들이 날아다니고 있다
웅크린 채 우리를 기다리는
누군가의 손에 꼭 쥐어진 부적
삶은 아연한 미제(謎題)의 걸음으로 우리를 노닌다
우리를 걸고 있는 삶을 우리가 살고 있다
그 모순 때문에 심장이 퍼렇게 곰삭는 것이다
사랑해서 겪는 치욕이 가장 뚜렷했다
당신이 아직 쓰지 않은 시를 누군가 기억해내기를

시인들은 시를 잊었다는 이야기로 시를 썼다
당신은 얼굴이 없다
눈만 뜨고 있다
몸에서 옮은 마음과 마음에서 옮은 몸

누군가는 가끔 삶을 위배하면서
전생이나 후생으로 떠난다
모든 타생(他生)들은 외국에 불과하다
우리가 믿음을 헛디딘 신들을 추억하는 날이면
어떤 종교가 사람들에게 돌아올 수 있는지
아름답다고 착오될 수 있는 아름다움
외국인들은 죽은 외국어를 유령처럼 발음하고,
말더듬이들은 말의 헛손질을 거듭한다
산파는, 죽어서 세상에 나온 말들을 주워서
벙어리들의 입가에 발라주었다
언어는 입체다
발설한다는 것은 본질의 혀를 죽이는 일이다
말하면 거짓으로 변해버리는 아름다운 향연

아름다운 것들은 다 괴물이다
모두 사라져버려라

철조망 너머, 유람선들이 귀항한다
무릇 망설임과 주저함을 숭배하는 자들만
돌아올 수 있다
지상으로부터 버려진 목동은 인간을 실험했던
역사를 모두 별자리에 기록해두었다
우리는 신성한 속담에 속지 않았다
꿈결에도 가뭄과 장마를 오고 가며
당신의 눈물을 수집해왔다
조작된 조각들을 하나하나 맞추어 붙이면
발가벗은 빛을 보게 될 것이다
아무것도 극복되지는 않는다

야윈 풀꽃들이 흔들거리며 허공을 두드린다
억조의 풍경을 앓는 세계
현생은 전생의 결말이자 후생의 원인일 뿐

산 자와 죽은 자는 서로를 기다리고 있다
적막하게 불타는 문,
무덤 속이 환히 들여다보이고
빛을 가늠하는 운구 행렬에
혼자 몸서리치며 썩어가는 춤이 뒤따른다
주검을 낳은 어버이들이여
얼음주머니 안고 우는 잠이여
우리는 당신의 몸과 마음을 가질 수 있었지만
끝내 당신을 가질 수는 없었다
꽃을 잃어버린 꽃말
이 징후는 인간을 버린 내면으로부터
시작된다

향

광대들은 취했다.
풍차는 어젯밤
그 거짓된 발작이 문지르는 색을 보았다.

상스러운 기록,
지난 계절들은 앙상하게 몸을 뭉치고 있다.
유일한 행방을 찾는 실종이었다.

거품들이 푸짐해지고 투명해지는 동안
풍경이 묵독해온 동공들을 심문했다.

벌거숭이들끼리 창백하게 껴안는다.

향

이끼 풀,
저장된 행간을 꺼낸다.

털실들이 서로를 악담하고 있다.

흔들리는 현사시나무 숲을 행군한다.

모든 짐승들이 흘린 침과
생애의 미신에 연루된 겁.

양말을 입에 물고,
후손들이 굴착할 터를 소독한다.

벼는 기울고
빛이 추하다.

야수

당신은 아름답소
아름다운 당신에게 말하고 있소
당신은 아름답소,
당신의 아름다움을 빼앗고 싶을 만큼
내가 당신의 슬픔이 되고 싶소
나는 아름다움의 의미를 모르지만
아름다움을 이해하고 있소
당신은 아름답소
당신이 아름다워서 슬프다는 걸 나는 아오
아름다움을 나에게 주시오
내가 당신을 잡아먹을 것이오
당신을 내 곁에서 살려둘 자신이 없소,
아름다움은 당신을 병들게 하니까
당신을 죽일 것이오
당신의 아름다움을 빼앗을 것이오
슬퍼할 자신이 없소
이해할 수 없소, 슬프지만
슬픔을 이해할 수 없소

당신은 아름답소

나는 당신을 사랑할 수 없으니

당신을 사랑하지 않을 거요

내가 당신으로 아프겠소

나를 사랑하지 마시오

아파하는 나를 보며

내내 슬퍼하시오

사랑하오,

사랑할 수 없지만

사랑하지 않겠소,

슬프지만

슬퍼하겠소

실험실을 떠나며

나는 시제를 잃어버린 체온이 가엾다

지워진 이름 때문에 선명한 혈통의 기억

당신이 어깨를 떨며 잠들 때마다 자유로워지는
생애 몇 번째의 졸음들
남몰래 혼혈아를 낳고 싶다

썩은 내를 풍기며 눈을 뒤척여야 할 시간

추운 주머니 속을 나는 부드럽게 헤맬 것이다

아주 먼 옛날 훔쳐 읽은 일기를
페인트칠이 벗겨진 바닥에 피로 필사하던

울지 않는 당신에게 나는 위험한 기계를 선물한다

충혈된 죄의 수면이 얕아서

다른 눈과 한곳에서 뜨고 있을 수가 없다
짐승들이 내 뒤에서 통곡한다

어떤 피를 거슬러 올라가야 차가운 여름이 있을까

잡초들이 이름도 없이 무성한 교외의
허물어져가는 작은 예배당

당신의 눈에 숨겨진 나의 눈을 되찾아가겠다

내 체온을 받아주지 말라고 애원하고 싶다

진심의 괴물, 혹은 말의 누드

강 정

나는 영혼을 지닌 육신이다.
신은 육신이나 영혼 어느 하나 없이는 존재할 수 없다.
육신 속에 깃든 피와 영혼이 주님인 것이다.
나는 주님이다.
나는 인간이다.
나는 그리스도다.
　　　　　　　　　　　　　　　　　─V. 니진스키

나는 직업이 죄인이다
누구보다도 죄를 잘 짓는다
　　　　　　　　　─「푸른 손의 처녀들」 부분

　때로 사랑에 있어 죄인이 있다면, 버린 자가 아니라 버림받은 자일 것이다. 주체할 수 없을 정도로 열렬하고 강렬했던 사랑일수록 더욱 그렇다. 버린 자는 어떤 경계와 마주쳐 돌아선 자, 자신을 보살펴 더 큰 파국과 더 아픈

상처를 추스르려 한 자이므로 설사 상대에게 상처를 줬
더라도 그걸 죄라 이르기엔 부당하다. 설혹, 자신을 다스
리는 데 실패한 채 상대의 더 깊은 속을 보려다 자기 안의
괴물을 마주한 이를 끝끝내 보살피는 게 사랑의 궁극이
라 하더라도 아무나 그럴 수 있는 건 아니다. 어쩌면 그건
신의 영역에서나 가능한 일. 훤히 예측 가능한 위험과 망
실 앞에서 스스로를 보호하려 등 돌리는 인간을 어찌 죄
인이라 하겠는가.

　최초의 애틋한 거리감을 보존한 채 자칫 일그러질지도
모르는 마음의 결들을 정연하게 다듬는 건 "마음으로도
가릴 수 없는 심연"(「몸살」)을 피해 상대를 더 아끼려는
노력일 수도 있다. 그런데, 그 정연한 가다듬음을 인정하
지 않으려는 자, 자신의 감정에 혼자 사무쳐 미치고, 다시
만질 수 없는 살갗과 다시 들을 수 없는 목소리에 홀로 중
독된 자는 상대가 견지하려는 거리감만큼 스스로에게서
멀어지면서 자기 안의 '심연'으로 곤두박질치게 된다. 상
대에게 전념하는 만큼 자신의 언어에 함몰되고 목이 메어
"말을 잃는 병이 아니라 말을 앓는 꿈"에 시달리는 사랑
의 패자이자 죄인. 그가 지껄이는 '독어'는 '혼자 되뇌는
말'이기도, "하고 나면 입안이 헐어버"(「독어(獨語)」)리는
'독 오른 말'이기도 하다. 그 '독'은 망집의 사경에서 계속
번져 자신과 상대를 찌른다. 그러나 상대는 찔릴수록 침
묵 속에 갇히게 되고, 찌르는 스스로는 찌를수록 더 많은

말을 뱉게 되어 "마음의 죽음에서/마음의 처음으로 거슬
러 올라가"(「물-집」)는 불경한 돌림노래로 숱한 밤을 쳇
바퀴 돌린다. 쉼 없이 공회전하는 어둠의 수레바퀴 앞에
서 "들을 수 있으나 노래할 수 없는 선율"이 "내 것이 아
닌 이명"으로 "서서히 미쳐"(「타오르는 노래」) 타오르는
참혹한 벌리의 곡성들. "인간의 입술로 묘사되어/인간의
형식에서/가장 낯설게 멀어져가는 (괴물의!) 절창"(「신의
희작(戱作)」, 괄호 안은 인용자)들. 시인은 어쩌다가 자기
안의 괴물들이 일제히 입 벌리는 소릴 듣게 된 걸까.

　　괴물의 초상과 대칭되는 나체

　　곪은 종기들을 짜내 접시에 담는다

　　[……]

　　목소리의 배꼽

　　인간은 거울 앞에서 제 눈을
　　바라보는 것을 두려워한다

　　농아의 슬픔을 깨닫기 위해 부러뜨린 입술과 귀

146

멀어지는 남처럼 감정을 떨어뜨려도

형식을 가지지 못한 것들의 생이별을 알 순 없다

—「미래로부터의 고아」 부분

　시는 일차적으로 그것을 쓴 이의 사연이자 마음의 발
로일 터이다. 그런데 또 시는 그것을 쓴 이의 외전(外傳)
이자 이체(異體)[1]이다. 말이 좀 요상한가. 이렇게 말하는
건 어떨까. 시는 진심을 다한 거짓말이거나, 거짓말하게
만드는 진심이자 최고의 상태에서 최악의 발언을 뱉어내
는 것이거나, 일생일대의 언어를 마음의 바닥을 긁어 끄
집어내는 요분질 같은 것이라고. 시에 씌어진 말들은 시
인의 특수한 경험과 감정에서 발아해 그 경험과 감정의
양태, 또는 그 결과를 지시하고 환기하지만, 그렇게 씌어
진 말들은 이미 시인의 개인적 삶과는 무관한, 그 자체로
단독적이고 독단적인 형식으로 개별화된다. 시인이 시를
썼지만, 그리고 시를 통해 자신의 속내를 드러냈지만, 이

---

1) 시인의 필명이기도 하다. 시인은 시를 쓰기 시작하면서 자신이 쓴 시
가 자신의 이항대립체로 홀로 옹립돼 스스로를 희롱하고 저주하게 될 것
이라 예상했던 것일까. 이 시집은 대체로 오연한 참혹과 원대한 좌절 속
에 자신을 무너뜨림으로써 쾌감을 얻는 독신(瀆神)의 외경(外經)을 연상
케 한다. 괴물에 질색하면서도 괴물에게 '후장'을 바치려 드는 도발적 언
사들은 극도의 나르시시즘과 마조히즘의 동서(同棲)가 아니었다면 불가
능했을 것이다. 에이리언에게 시달리면서도 에이리언의 입속으로 뛰어
들려는 망아(忘我)의 전사라고나 할까.

미 씌어져버린 시가 시인이 품고 있는 일차원적인 생각이나 전격적인 진심을 알리진 않는다는 소리다. 어떤 유별난 감정 상태에서 씌어진 시더라도 시인이 정말 하고 싶었던 말이 거기에 온전히 반영되진 않는다. 외려 감정이 더 간절할수록 시는 그 감정을 훼방 놓으며 반대로 흐르곤 한다. 이를테면 누군가에게 사랑한다는 말을 하려 시를 쓰기 시작했더라도 말의 진행은 되레 그 사랑이 성립될 수 없다는, 좀더 근원적인 자각과 그로 인한 마음의 암흑을 암시하는 방향으로 흘러가기 마련인 것이다. 그 희원과 절망 사이 깊은 골짜기 아래에서 시인은 말을 앓거나, (하면 할수록 진심을 구축하는 게 아니라 진심이란 게 애초에 마음속 허방의 작란에 불과했다는 걸 깨닫게 한다는 점에서) 말을 잃는다. 따뜻하게 건네져야 할 말이었던 게 감당 못 할 정도로 뜨겁기만 해져 그 열기를 부추긴 혈맥 속 피의 흐름이 노출되고, 냉엄하게 적시되어야 할 언어들은 숫제 감정의 찌끼를 걸러내면서 인간 영역에선 실현할 수 없는 신의 독트린을 흉내 내게 된다. "하고 나면 입안이 헐어버린 것 같"아지는 말들이 "마음을 잃은 상징들을 건축"하면 할수록 "흉터"가 "모두 한 편의 시"(「인간이 버린 사랑」)로 변전하고 마는 것이다.

그렇게 해서 "괴물의 초상과 대칭되는 나체"가 드러난다. "거울 앞에서 제 눈을/바라보는 것을 두려워"하는, 이성적 통제나 분발한 의지 따위 무용해지는 말의 지옥도.

들여다보고 끄집어낼수록 더 아프고, 마음을 달래고 생각을 정연케 하기보다 외려 숨은 치기와 호기를 부추겨 "오늘은 누구라도 나를 조심했으면 좋겠다"(「살아남은 애인들을 위한 이별 노래」)라며 엄포를 놓게 만드는 "부러뜨린 입술과 귀"의 반란들. 거기에 다치는 건 그러나 그 어떤 타인이 아니다. 자기를 버리고 떠난 사랑도, 시인을 둘러싼 그 누구도 그 말을 온전히 받지 못하고 돌아서기만 할 뿐이다. 그리하여 고독은 더욱 첨예해지고 "만나본 적 없는 소문이 나를 살해"(「살아남은 애인들을 위한 이별 노래」)하는 것 같은 망상의 탑 꼭대기에서 시인은 홀로 신을 저주하고 갈구한다. "곪은 종기들을 짜내 접시에 담"아 "인간을 살리는 것보다 죽이는 것이 더 쉽다"(「오래된 눈물」)고 공언하며 스스로 죄의 바벨탑을 증축하는 동시에 엄벌하려는 괴물의 만찬 테이블이 그렇게 펼쳐진다. 거기에서 골라 먹게 되는 언어들은 집는 족족 상궤를 벗어나 "모든 물질이 스스로 실성하는 순리"(「트럼펫의 슬픈 발라드」)를 폭로한다. 그런데, 그 '실성의 순리'를 곱씹어보면 요상하게 투명하고 정연해 마음이 소스라치기도 한다. 미처 날뛰고만 있는 줄 알았던 말과 마음이 실은 일상의 범속한 질서에서보다 더 치밀하고 엄밀해 짐짓 이 세계 자체가 태생부터 거짓은 아니었는가 의심하게 만들기 때문이다.

투명보다 투명을 보는 시선을 꿰뚫어 보기 쉽다

[……]

여백에 손을 담가보면
이번 죽음이 얼마나 거짓될지, 가늠할 수 있다

외면할 수 없는 무언을 발음해야 한다

[……]

죽은 짐승들이 머무는 묶음에는 혼이 있다
　　　　　　　　　　　　　　—「그을린 슬픔」 부분

　광인은 자신이 무슨 말을 하고 있는지, 무슨 행동을 하
고 있는지에 대한 이성적 분별이 희박하다. 발가벗고 뛰
어다니든, 누가 듣건 말건 대로에서 혼자 호통을 치든, 광
인은 자기 자신이 유일무이한 윤리적 단독체라는 자각
에 의해 행동하지 않는다. 애초에 자각하는 능력이 없어
서가 아니라 그 자각의 깊이와 밀도가 너무 거세 외려 스
스로를 잊거나 잃어버리게 되는 것이다. 그는 대상의 실
체를 바라보기보다 대상이 더 이상 존재하지 않는 부재
의 그늘 속에서 대상의 발가벗은 진실을 본다. 세계의 논

리적 질서 안에서 그 틀에 부합되는 언어로 스스로를 보지하려는 주체의 소심한 엄밀함이 그에겐 없다. "죽은 짐승들이 머무는 묵음"을 듣고 "외면할 수 없는 무언을 발음"하려는 자에게 산 사람이 펼쳐놓은 의미의 그물과 공감의 파동들은 그 체계 자체가 거짓된 억압이나 마찬가지. 그는 자꾸만 영혼을 발가벗고 언어가 지시하지 못하는 정신의 분방한 흉터들에 몰두함으로써 세계와 자신의 경계를 지우려 한다. "여백에 손을 담가보면/이번 죽음이 얼마나 거짓될지, 가늠할 수 있"게 되는 이유는 그 탓이다. "묵음"과 "무언"의 소용돌이를 발음하고 받아 적으려는 자에게 일상 궤도 안에서 작동하는 언어 체계는 모두 헛소리고 거짓에 불과하다. 그래서 그는 자꾸 더 왜곡되고 뒤틀린 헛소리의 성채를 쌓으려 한다. 말의 뜻을 적시하기보다 귓바퀴의 나선 자체를 내시경처럼 드러내 거기서 울리는 파동들을 언어의 껍질 속에 욱여넣으려 하는 것이다. "음란하게 귀를 적"시는 "산만한 외국어"(「오래된 눈물」)들이 그렇게 씌어져 날뛰게 된다. 모든 소릴 다 들을 수 있으나 아무 소리도 분별할 수 없게 하는 괴이한 무조(無調)의 언어들.

　　귀머거리에게 소리는 가난하게 들려온다

　　나는 오랫동안 태어나고 있다

살을 섞고 삶을 나누던 기억
당신을 잊었다는 사실을 잊을 수 없다
망각까지 잊을 수는 없다

누드는 벗은 몸을 그리는 것이 아니라
벗은 몸을 보는 시선을 그리는 일이다

당신이 물결치면 내가 흔들린다

어떤 말은 이해하지 못해도 그 말이 나를 이해한다
내가 이해받는다

—「물의 누드」부분

　"벗은 몸을 그리는 것이 아니라/벗은 몸을 보는 시선을 그리는" 자에게 '벗은 몸'과 '벗지 않은 몸'의 차이는 없다. 그에겐 세상 만물이 알몸으로 투명하게 보인다. 하도 투명하기에 그걸 바라보는 시선마저 이중으로 투명해 광인은 스스로를 볼 수 없게 된다. 다만, "당신"이라 부를 만한 어떤 대상, 세계의 총체를 하나의 시점 안에 응축시킨 투사체 앞에서 쉴 새 없이 "흔들"리기만 할 뿐이다. 더욱이 사랑 때문에 미친 자라면 그에게 보이는 세상의 모든 허울은 모조리 사랑하는 이의 알몸, 또는 사랑의 알몸을 가리는 허상에 불과할 것이다. 그 알몸은 단순히 사랑하는 이의 육체만이 아니다. 육욕에 한정된 갈망이라면 어느 순간 다른 대상을 통해 증발할 수도, 이전될 수도 있다. 하나의 절대성이 다른 여럿의 상대성 속으로 흩어져 중심점이 분산될 때 '흔들림'은 잦아든다. 각기 방향의 축들이 서로의 힘을 받아내고 반동시킴으로써 오히려 밑뿌리가 공고해지는 원리와 같다. 나무가 자랄수록 가지를 여러 방향으로 뻗는 것과도 같은 이치다. 소위, '뿌리 깊은 나무'의 탄탄함은 뿌리 자체의 힘이라기보다 뿌리에서 뻗어 오른 다(多)방향의 중심들이 뿌리의 깊이를 유연하게 다지고 확장해주기 때문이다. 그러나 중심이 오로지 하나뿐일 때, 하나의 대상에게 모든 감각과 사유가 집중될 때, 그리하여 몰입하는 하중에 스스로 짓눌려 외통수로 가로막힌 뿌리가 머리가 되어 땅을 뚫고 기상하려 할 때, 주체는 분열한다. 파괴와 전락의 이중나선에서 세계의 알몸이 그런 식으로 갑자기 확연해져오는 순간, 말은 인간 보편의 구성적 질서에 의해서가 아니라 말 자체의 압력에 의해 스스로 파열하고 스스로 "이해받는다"(그런데, 그렇게 씌어진 시를 세상은 대개 좋은 시라 칭송한다. 시인으로서는 빌어먹을 축복이다). 그 번득이는 말의 알몸 앞에서 시인은 흡사 죽음의 초입에 선 양 밝아지는 영혼의 빛에 취해 메두사의 혀를 풀어 헤칠 수밖에 없다. 어둠이 입을 열면 그 어떤 빛도 빛이 아니다. "눈부신,

눈부신 어둠"의 말 자체가 이미 빛의 분화구를 삼킨, "죽
은 울음들"의 살벌하도록 농밀한 "새벽"(「존재의 놀이」)
이기 때문이다. 그 새벽의 혓바닥에 온몸을 떨며 써 내린
시편들. 찬란하지만, 찬란할수록 깊게 상처 입은 어둠의
구렁만 더더욱 확연해지는 언어의 줄기세포들. 그것들에
도취된 자는 과연 누구에게 다시 사랑받을 수 있을까.

> 자신이 원하는 것을 알고 있는 사람은 무섭다
> [……]
> 무덤가에서 우상들은 심리를 앓고 난 후
> 남몰래 한 그루
> 심어놓은 신(神)을 기억하였다
> 기억은 삶을 거역하는 유일한 형식
> 이 세상을 죽이겠다
> 아무도 나를 좋아할 수 없다
>
> ─「아가(雅歌)」 부분

　사람은 사랑 때문에 미칠 수 있지만, 사랑 때문에 미친
사람을 다시 사랑하기는 힘들다. 언뜻 이상한 말인 듯싶
지만 논리적으론 당연하다. 원인이 결과를 불러올 수는
있지만, 결과가 원인을 교정할 수는 없다는 뜻. 무서운 건
그 오묘해 보이는 논리의 그물 바깥으로 빠져나와 더 많
은 사랑을 베풀려 할 땐 사랑이 너무 거대하고 요원해져

서 실상은 사랑할 수 있는 대상이 어디에도 존재하지 않게 된다는 사실이다. 그때 사랑하려는 자, 그리하여 사랑을 상실한 자는 허방의 지옥을 거닐며 신을 찾게 된다. 그러나 신은 오만할 정도로 자비와 긍휼을 독점한 존재이다. 인간에겐 여지 한 톨 남겨두지 않으면서 홀로 사랑의 권좌에 눌러앉아 인간들의 갈등을 감상하고 조장하며 사랑을 주창하는 자. 그러니 인간은 사랑을 갈구하기도 사랑을 버리기도 하면서 "성전(聖戰)으로 변질된 싸움"(「아가」)터에서 멀찍이 달아나거나 홀로 피 흘리게 된다. 모두(冒頭)에 나는 사랑의 죄인이 버린 자가 아니라 버림받은 자일 거라고 썼다. "애원의 어떤 유형"들을 "공포의 수완"(「폭풍이 끝난 히스클리프」)으로 전락시켜 "아파하는 나를 보며/내내 슬퍼하"(「야수」)라는 둥의 '야수'의 전언들이 너무 따갑고 산란하고 어두워서였을 것이다. 그래서 사랑을 버린 이에게 독화살을 던져 단죄하느니 난망한 줄 알면서도 그 모든 상처와 비감을 혼자 끌어안으려 발버둥 치는 자의 망실과 분란을 무모하고 불경한 죄라 일컬었을 뿐이다. 사랑을 잃은 자의 어둠은 그 안에 세상 모든 것들의 알몸을 발가벗겨 해선 안 될 말과, 저질러선 안 될 마음속 사태들을 몸 밖으로 삐져나온 짐승의 내장처럼 도열하게 만든다. 그 봐선 안 될 "투명"을 바라본, 아니 그 "투명을 보는 시선을 꿰뚫어" 본 자의 자기 분열 양상은 '영혼의 포르노그래피'와도 같다. 유혹보다는 혐

오와 염오, 쾌감보다는 환멸과 저주 쪽으로 마음을 산란하게 기울도록 한다. 그러나 그걸 치정에 목매는 유치한 복수심으로만 매도하면 곤란하다. 시인은 참혹할지언정 순연함을 잃지 않는다. 오로지 사랑 자체에만 몰두해 사랑의 비열하고 모순된 알몸과 마주치고, 그것으로서 도저히 씌어지지도 전달될 수도 없는 사랑의 말들을 '투명한 혼란' 속으로 몰아갈 뿐이다.

> 슬프므로 나는 기둥이 되지 않겠다
> 기필코 쓰러지겠다
>
> [……]
>
> 살아남는다고 삶에 성공하는 것은 아니다
>
> 나는 내 시보다 천하다
> 내 시가 죽을 때까지 천하게 쓸 것이다
>
> 인간 없이 떠도는 인간의 거짓말들
> 어떤 병으로도 환생할 수 있다
>
> 입술을 얻어 오리다, 사람을 일깨울 수 있는
> 입술을 버리고

나는 물질로 개종하고 있다

　　　　　　　　　　　　　　　——「연옥의 노래」부분

　사랑은 한때의 폭풍과도 같고, 삶의 안위를 보장해주
기보다는 "거짓된 발작이"일순간 문질러대 농밀해진 위
태로운 "색"(「향」, p. 138)의 분란에 가깝다. "나누어 줄
수 없는 것을 나누어 주고 싶"으나 종국엔 그럴 수 없어
"느껴지는 초라한 참담"(「푸른 손의 처녀들」)을 영원 속의
상처로 따갑게 되새기는 일. 그런 점에서 "슬프므로 나는
기둥이 되지 않겠다/기필코 쓰러지겠다"며 스스로를 무
너뜨리는 건 어쩌면 사랑의 실체를 그 어떤 가식 없이 인
정하고 받아들이겠다는 뜻으로 읽을 수 있다. 사랑의 폭
풍이 지난 후의 히스클리프는 쓰러진 고목이나 진배없
다. 잎도 열매도 다 떨군 채 그저 하나의 "물질로 개종"
된 상태로 버려진 한때의 바람. 그리고 바람 지난 자리의
허망한 흔적들. 그를 버린 건 폭풍을 헤쳐나간 인간이지
만, 그를 보살필 수 있는 건 "인간의 거짓말들"도 신의 영
험한 후광도 아니다. 오로지 그 스스로 신이 되거나, 신이
되겠다는 망집 속에서 영원히 좌절하는 것만이 스스로
를 납득시키는 길이다. 굳이 예수의 일생을 돌이키지 않
더라도 어떤 인간은 인간에 의해 버려질수록 신에 더 가
까워지고, 신에 가까워질수록 언어는 더더욱 불가능성과
불가해성 속에서 착란을 일으킨다. 신은 어쩌면 미쳐 세

상을 바꾸려 한 자[2]의 그림자 속에 죄인의 피와 영혼을 숨기고 있는지 모른다. 우아하고 아름답게만 보이던 세상 모든 것의 실체를 발가벗겨보면 그저 더러운 똥구멍과 각질과 트다 만 살의 균열 자국 따위로 난분분하듯, 사랑의 속곳을 벗겨보면 어느 한편의 사랑이 깊어질수록 그처럼 더 깊이 사랑할 수는 없을 거라는 환멸과 자책의 얼룩들이 가득하다. 그 치장하지 않은 "투명"을 들여다보다가 미쳐버린 자의 언어는 스스로 조제한 죄의 독배나 마찬가지. 그걸 거듭 들이켜고 뱉어내며 세상의 그 어떤 '천함'보다도 천하고 쓸모없는 "존재의 놀이"에 몰두하는 이는 신성마저 발가벗기려는 태생적 죄인임에 틀림없다. 그러니 시인이여, 네 죄를 네가 알렷다. 그 죄가 끝끝내 "밤처럼 저승처럼 깊어"(「자야(子夜)」)져 "평생 자신을 살아야 한다는 공포로/환희해야 한다는"(「우상의 피조물」) 이 뻔뻔하고 노골적인 우주의 모함도. "서로의 이승과 저승을 번갈아 건너는/참담 속에서"(「폭풍이 끝난 히스클리프」) 기다림의 열병으로 입 다물지 못하는 모든 사랑의 죄인들에게 따뜻한 죽음 있으라. ▨

---

2) 사랑의 뼈와 내장까지 들여다본 이후에도 떠났던 사랑이 돌아온다면, 그건 세상이 미쳤거나 미친 자의 진심으로 세상이 뒤바뀐 것이라 할 수 있다. 시는 불가능을 가능으로 만들려는 혁명가의 꿈이 아니라, 불가능은 오로지 불가능일 뿐이라는 걸 알기에 더 극한의 불가능 속으로 뛰어들려는 도착된 욕망의 발로일 뿐이다. 떠났던 사랑이 돌아온 환희를 노래한 시엔 아무런 긴장도 불온성도 없다.